LE PRISONNIER

Un remerciement particulier
à Benjamin Scott

Cet ouvrage a initialement paru en langue anglaise
en 2012 chez Bloomsbury sous le titre :
Deadly Mission

© Working Partners Limited 2012.

© Sam Hadley, 2012 pour les illustrations.

© Hachette Livre 2013 pour la présente édition.

Traduction par Lucile Galliot.

Colorisation des illustrations et conception graphique :
Lorette Mayon.

Hachette Livre, 43, quai de Grenelle, 75015 Paris.

Max Chase

STAR FIGHTERS

LE PRISONNIER

hachette JEUNESSE

PERI

- Statut : cadet de 1re année à l'Académie Intergalactique
- Spécialisation : pilotage
- Poste : pilote
- Race : humain
- Galaxie d'origine : Voie lactée
- Traits spécifiques : vif d'esprit, connecté avec le *Phénix*

DIESEL

- **Statut:** cadet de 2ᵉ année à l'Académie Intergalactique
- **Spécialisation:** artillerie
- **Poste:** tireur d'élite
- **Race:** Martien-humain
- **Galaxie d'origine:** Voie lactée
- **Traits spécifiques:** courageux, impulsif

SÉLÈNE

- Statut : mécanicienne
- Race : humaine
- Galaxie d'origine : Voie lactée
- Traits spécifiques : Intrépide, incollable sur le *Phénix*

OTTO

- Statut : chasseur de primes
- Race : Meigwor
- Galaxie d'origine : Ubi
- Traits spécifiques : arrogant, déterminé

Nous sommes en 5012 et notre galaxie,
la Voie lactée, est envahie !
Suite à la Guerre universelle
– un conflit qui a failli provoquer
la destruction de tous les univers connus –,
les planètes de la Voie lactée se sont alliées
pour créer la Force Intergalactique, la FI.
Seuls les étudiants les plus prometteurs
parviennent à rejoindre les bancs
de l'Académie Intergalactique et,
parmi eux, seuls les meilleurs obtiennent
le grade de... STAR FIGHTERS et forment
une unité de soldats d'élite dédiée
à la protection de la galaxie.
Un Star Fighter consacre sa vie
à une seule et unique mission : la Paix dans
l'Espace. On leur confie les armes les plus
sophistiquées, les vaisseaux
les plus rapides... et les missions
les plus dangereuses !

GALAXIE UBI

SOLEIL DE
MEIGWOR

MEIGWOR

CHAMP D'ASTÉROÏDES

STATION
SPATIALE FI

SOLEIL

TERRE

VOIE LACTÉE

GALAXIE INCONNUE

PLANÈTES JUMELLES →

TROU NOIR ↓

GALAXIE MAKI

← XION

← COSMURAILLE

PRÉCÉDEMMENT DANS

STAR FIGHTERS

Après la destruction de la Station Spatiale
de la FI par les Xions, Peri et Diesel
embarquent à bord du *Phénix*, un vaisseau
extraordinaire. Ils y rencontrent Sélène,
et tous trois doivent très vite faire face
à une nouvelle agression ennemie. C'est alors
que les Meigwors leur proposent une alliance.
Mais, contre toute attente, ceux-ci retiennent
Sélène prisonnière et leur imposent
un nouveau membre d'équipage, Otto,
afin de s'assurer que les soldats d'élite
remplissent leur mission : sauver le prince
meigwor détenu sur la planète Xion…

1.
LA COSMURAILLE

— Tu n'es qu'un abruti cosmique ! s'exclame Diesel, ses yeux jaunes étincelant de colère. On ne peut pas se servir de rayons de la mort dans un nuage nébulaire !

— Trouve-moi un nuage nébulaire et je t'en fais la démonstration quand tu veux ! tonne Otto.

Peri ne fait pas attention à eux. Ces deux-là n'ont pas cessé de se disputer depuis qu'ils ont quitté le vaisseau meigwor ! Il préfère se concentrer sur l'image qui emplit les écrans déployés à 360°. D'après l'ordinateur de bord, leur destination, Xion, n'est plus qu'à un million de kilomètres.

— *Phénix*, agrandis l'image.

La sphère orange et bleue grossit jusqu'à occuper la majeure partie de l'écran. Xion est entourée d'une autoroute orbitale. Plus de 1 500 voies couvertes d'astrophalte violet et argenté s'entrelacent autour de la planète.

Peri fait craquer ses doigts pour les assouplir. Semblant lire dans ses pensées, le tableau de bord flotte jusqu'à lui. Hier encore, il n'était qu'un simple cadet de première année à l'Académie Intergalactique. Aujourd'hui, sa mission consiste à libérer un prince capturé par les Xions ! Mais sa vie a réellement basculé lorsqu'il a découvert que son corps, à moitié bionique,

avait été modifié par ses parents pour qu'il puisse manœuvrer le *Phénix*...

Appuyant sur un bouton, il active le dernier gadget high-tech découvert à bord : *Le Guide des dangers intergalactiques.* Aussitôt, une dizaine de flèches apparaissent à l'écran. Il sélectionne celle qui pointe l'entrée de l'autoroute orbitale. Une fenêtre d'aide surgit à l'écran :

DOUANIERS XIONS, TROISIÈME CLASSE
- **DESCRIPTION** : modules de péage gardant l'entrée de l'autoroute orbitale.
- **DANGERS** : lasers X-cite, scanners de soute, détecteurs de bouclier d'invisibilité.
- **MISE EN GARDE** : « Les Meigwors ne sont pas les bienvenus. »

— Ils vont a-do-rer Otto, murmure Peri. Il va falloir les contourner…

En effectuant un zoom arrière, le Terrien remarque que l'entrelacs de voies est enveloppé par une bulle géante de couleur bleu marine. Une nouvelle fenêtre apparaît:

COSMURAILLE

- DESCRIPTION: plus épaisse que le suc ronge-pierre et plus corrosive que la morve des vers de soleil. Les boucliers standards sont inefficaces.
- DANGERS: sécrétion acide.
- MISE EN GARDE: à éviter.

— On fait quoi, alors? s'interroge Peri.

Il regrette que Sélène ne soit pas avec eux. Après des années passées à fureter sur le *Phénix* pendant sa construction, elle aurait sans doute su comment activer les boucliers anti-muraille. Mais les Meigwors ont exigé qu'elle reste sur leur planète pour s'assurer que les deux cadets effectuent leur mission jusqu'au bout.

— Comment ça, on fait quoi ? siffle Otto. On rejoint la surface de la planète, et plus vite que ça !

— Et de quelle manière comptes-tu traverser la Cosmuraille ? demande le Terrien.

— Contente-toi de foncer à travers ! réplique le Meigwor avec un claquement de langue.

— Et si on se servait des canons à pulsar du *Phénix*? suggère Diesel.

— Sûrement pas, andouille martienne ! aboie Otto. Ce sont des armes bien trop instables ! Il vaut mieux utiliser des têtes nucléaires. C'est plus sûr.

Peri lève les mains pour les faire taire.

— Je me trompe ou notre mission est censée s'accomplir dans la discrétion ? L'élément de surprise est essentiel si on veut libérer le prince ! Je propose de chercher la partie la plus fine de la muraille. Avec un peu de chance, nos boucliers tiendront le coup.

Otto observe Peri sans cligner des yeux.

— C'est exactement ce que j'ai dit ! Fonce à travers la partie la plus fine de la muraille !

Le Terrien serre les poings. Plus vite cette mission sera terminée, mieux ce sera pour tout le monde ! Il enclenche le balayage photonique et scanne la muraille.

— Et que fait-on si on croise un requin de l'espace ? s'inquiète Diesel.

— Tu es sérieux ? s'esclaffe Otto. Ah oui, j'oubliais : les races inférieures croient encore à ces mythes !

Non loin, sur leur flanc droit, un petit vaisseau de classe glaive file en direction de la muraille. Peri sent un nouvel espoir naître en lui. C'est l'appareil favori des contrebandiers! Si quelqu'un connaît un moyen de rejoindre illégalement la surface de Xion, c'est bien eux! Le Terrien place le *Phénix* dans leur sillage et les suit d'aussi près que possible. Mais des tentacules de poisse visqueuse s'élèvent subitement de la muraille, et le petit appareil disparaît en un clin d'œil, aspiré par la masse gluante.

Buuuuurrrppp! Une bulle géante surgit du liquide bleu et éclate en aspergeant le *Phénix*. L'acide se met aussitôt à ronger la coque du vaisseau tandis qu'une multitude de voyants s'allument sur le tableau de bord.

— Sors-nous de là! hurle Diesel. Ce truc vient de digérer un vaisseau sous nos yeux!

— Peri… intervient le chasseur de primes, nerveux.

— Pas maintenant, Otto ! réplique le pilote, arqué sur les commandes des rétrofusées.

— *Peri !*

Quelque chose dans la voix d'Otto pousse le Terrien à lever les yeux. Le Meigwor pointe les écrans panoramiques, les yeux écarquillés.

— Des requins de l'espace !

2.

MONSTRES
COSMIQUES

Huit gigantesques requins foncent sur le vaisseau. Ils ont d'immenses têtes grises et des yeux noirs perçants. Mais au lieu d'une queue, c'est une masse de tentacules gesticulants qui les propulsent en avant.

Vlaaan. Craaac. Les dents acérées des monstres crissent contre la coque du *Phénix.*

— Et ça, c'est un mythe, peut-être? lance Diesel à Otto, caché derrière son fauteuil.

— Vous sentez cette odeur ? interroge Peri en plissant le nez.

Diesel renifle en regardant autour de lui.

— Oh non…

La Cosmuraille a attiré le vaisseau à elle, et sa sécrétion bleue s'infiltre à travers les fissures de la coque. Au contact de l'oxygène de la passerelle, elle crée des étincelles aveuglantes et dégage une fumée toxique.

— Il nous faut des masques ! hurle Peri.

Au même instant, une sorte de bulle transparente jaillit de son col et l'isole de l'air de la passerelle.

Les deux cadets sont protégés par leur combinaison d'expédition, mais pas Otto. Le Meigwor tombe à genoux en suffoquant.

— Il faut dégommer ces requins ou on va se faire aspirer par la muraille !

s'écrie Diesel. On *doit* utiliser les canons à pulsar.

— Je croyais que c'était dangereux ? réplique Peri.

— Tu sais ce qu'on dit, répond l'artilleur avec malice, on ne peut pas chasser le crabe vénusien sans perdre un ou deux orteils !

VLAAM. Deux requins de l'espace entrent en collision avec le vaisseau. Il faut agir, et vite !

— Vas-y! crie finalement le pilote.

Diesel tire un levier de son poste de combat, et une rangée de canons jaillit sur le flanc du *Phénix*.

— Et huit soupes au requin à la mode martienne, huit! s'exclame-t-il en faisant feu.

Des sillons vert électrique fusent du vaisseau.

BOUM!

Le souffle de l'explosion désintègre les huit créatures.

— Réparation de la coque activée, annonce la voix posée du *Phénix*.

Une décharge parcourt les parois extérieures du vaisseau. Les sécrétions bleues s'évaporent et toutes les fissures se ressoudent.

La bulle de protection de Peri se rétracte dans le col de son blouson. L'air est de nouveau respirable sur la passerelle.

— Bon, halète Otto en se relevant péniblement, maintenant que la Cosmuraille est débarrassée de ces parasites, on va pouvoir…

Il s'interrompt, bouche bée.

Le cadet fait volte-face et regrette aussitôt que l'écran panoramique soit redevenu cristallin. Il aurait préféré ne pas voir ce qui occupe l'écran des moniteurs : une énorme créature blanche dont chaque dent est plus grosse qu'un vaisseau spatial…

La mère des requins de l'espace crie vengeance !

3.
PASSAGE
EN FORCE

— Cette chose ne va faire qu'une bouchée du *Phénix*! s'exclame Diesel avant de lâcher une nouvelle bordée de torpilles à pulsar.

La créature les engloutit comme s'il s'agissait de simples caramels martiens.

— *Klûu'aah!* souffle l'artilleur, abasourdi.

Phuuuuurrrrp! Un nuage de fumée apparaît derrière le monstre.

— Ce requin géant vient de digérer nos meilleures armes ! murmure le Martien. On fait quoi, maintenant ?

— Balance-lui tout ce que tu as ! aboie Otto.

Aucun canon ne viendra à bout de ce monstre, songe Peri. Il va falloir nous montrer plus inventifs…

— J'ai une meilleure idée !

Il enfonce la manette des propulseurs et dirige le *Phénix* droit sur le requin.

— Tu es fou ? s'écrie Otto en essayant de le chasser de son fauteuil. C'est du suicide !

— Recule ! intervient Diesel en le tirant en arrière. Peri est peut-être fou, mais il n'est pas idiot !

Le *Phénix* frôle la gueule du requin et va se placer sur la trajectoire d'une de ses nageoires. Le timing est parfait ! Percuté par l'appendice géant, le vaisseau est catapulté en direction de la Cosmuraille. Les propulseurs succombent en quelques secondes. Toutefois, grâce à la puissance de l'impact, le Phénix continue sur sa lancée et traverse la muraille assez vite pour ne subir aucun dégât majeur.

Peri lève le poing en poussant un cri de joie.

— Tu vois ? dit Diesel en décochant un grand sourire à Otto. Fou, mais génial…

Soudain, deux chasseurs-jets xions leur barrent la route et pointent leurs projecteurs sur la passerelle.

— **Réception d'un message provenant d'un vaisseau alien,** annonce le *Phénix*.

— *Zark, Sakar, Zarak…* grésille l'intercom.

Peri appuie sur la petite bosse sous son menton afin de régler son trans-com. Tous les cadets se font implanter une puce informatique pour comprendre le langage des aliens.

— Pénétrer sans permission dans l'espace orbital xion constitue un acte de guerre ! dit le message. Suivez-nous jusqu'à la douane ou préparez-vous à être pulvérisés.

— Une idée pour se débarrasser des douaniers ? demande Peri tout en se plaçant dans le sillage des chasseurs.

D'un coup de langue vif, Otto lèche la sueur qui perle sur son front.

— S'ils me trouvent, on est morts.

— Tu ferais mieux de te cacher, alors ! suggère Peri.

— Seuls les lâches se cachent, réplique Otto. Les guerriers, eux, patientent en embuscade.

— Très bien, soupire le Terrien, va te mettre en « embuscade ».

Le chasseur de primes quitte la passerelle, la tête haute.

— Vivement qu'on en finisse ! grimace Diesel. Je ne le supporte plus.

Les chasseurs-jets les guident jusqu'à l'unique rampe d'accès de l'autoroute orbitale.

— Faites la queue ou vous serez désintégrés, les préviennent-ils.

Peri serre les dents. Cette brutalité lui rappelle celle de leur attaque contre la Terre et la destruction de la Station Spatiale de la FI.

Mais l'heure de la riposte n'a pas encore sonné...

C'est au tour du vaisseau placé devant eux de passer entre les cabines des douaniers. Une lumière violette parcourt l'appareil afin d'en scanner chaque microparticule.

— Qu'est-ce qu'on fait s'ils trouvent Otto ? s'inquiète Peri.

— Et si on le leur livrait ? propose Diesel. Ce n'est sûrement pas à moi que cet empâté dégoulinant de sueur manquera !

— Tu es un génie ! s'exclame Peri. Les Meigwors transpirent beaucoup ! Le scanner détecte les sources de chaleur… En baissant la température à bord, on devrait réussir à diminuer la chaleur corporelle d'Otto !

— C'est ça, grommelle Diesel, transforme-nous en glaçons pour sauver sa peau…

Peri tourne les thermocadrans et une bourrasque d'air glacé traverse la passerelle. Mais les dents des deux cadets ont à peine le temps de claquer que leurs combinaisons d'expédition s'activent déjà à les réchauffer.

Le *Phénix* s'avance à son tour jusqu'aux barrières du péage.

Ziiip ! Un écran de communication couvert de glace jaillit du tableau de bord et un Xion apparaît à l'image.

— Je suis le douanier Xerallon, annonce-t-il tandis qu'une lumière violette balaie la passerelle. Voici la liste de vos infractions : traversée de la Cosmuraille sans permission et agression de la faune locale. Veuillez indiquer votre nom et la raison de votre venue sur Xion.

Pris de court, Peri ne sait trop quoi répondre.

— Je…

— Paix dans l'Espace, douanier Xerallon, intervient Diesel. Veuillez excuser notre impolitesse. Nous sommes des astronomades. Notre système de navigation nécessite des réparations et nous avons besoin de carburant. La semaine dernière, nous avons failli percuter une lune !

— En effet, acquiesce le douanier, votre vaisseau doit provenir d'un système sous-développé. Je suis étonné que cette épave puisse voler.

Peri doit se retenir pour ne pas protester. Le *Phénix,* une épave ? Ses parents ont participé à sa fabrication et c'est sans doute le vaisseau le plus performant de l'univers !

— Vous avez raison, répond Diesel. J'ai presque honte de voler là-dedans !

Peri est impressionné. Le demi-Martien fait preuve d'un sang-froid à toute épreuve ! C'est sans doute grâce à son éducation impériale.

— Accès autorisé, annonce enfin le douanier. Veuillez téléporter votre paiement.

— Notre quoi ? chuchote Peri à Diesel.

— Certainement, monsieur l'agent, répond l'artilleur. Sous quelle forme le souhaitez-vous ?

— Nos scanners ont déjà sélectionné certains éléments de valeur.

Inquiet, Peri retient son souffle, mais lorsque le détail apparaît à l'écran, il doit s'empêcher d'éclater de rire.

IDENTIFIÉ :
riche fertilisant organique.

Diesel se tourne vers lui, perplexe.

— Euh… chuchote Peri, je pense qu'ils sont intéressés par le contenu de nos toilettes spatiales.

La crête de cheveux du Martien verdit et s'affaisse brusquement.

—Parfait, monsieur l'agent, répond le Terrien au douanier. Téléportation autorisée.

Une lumière s'allume pour confirmer la validation du paiement, et la barrière bloquant l'accès à l'autoroute orbitale disparaît…

4.
LE PALAIS

S'il n'était pas en mission pour libérer le prince meigwor, Peri aurait adoré passer la journée à foncer sur l'astrophalte violet et argenté de l'autoroute orbitale !

— V… Vous allez re… emonter… le chau… chauffage… oui ? grésille l'intercom entre deux claquements de dents. Je me transforme en glaçon !

Des larmes bleues coulent le long des joues de Diesel, en proie à un terrible fou rire.

— Désolé, Otto, répond Peri en essayant de garder son sérieux.

D'un geste vif, il remonte la molette des thermocadrans.

Pshhh! Otto pénètre dans l'habitacle en traînant des pieds.

Sans un mot d'excuse, il bouscule Peri pour pianoter sur le tableau de bord. Une carte de l'autoroute orbitale apparaît sur l'écran.

— Prends la sortie 1427-A7! ordonne-t-il.

Peri s'exécute. L'astrophalte s'arrête brutalement au-dessus d'un petit vortex bleu.

— **Vortex de transport local détecté,** annonce l'ordinateur de bord. Accrochez-vous.

Peri n'a pas le temps de dire ouf que le mini-trou noir les recrache au-dessus d'un paysage désolé, criblé de cratères. Des flèches et des fenêtres d'aide apparaissent un peu partout sur l'écran panoramique : *Mine de CO$_2$ effondrée, trou d'eau toxique, infestation de poux des mines...*

— Pas étonnant qu'ils ne respectent pas les planètes des autres, commente Peri. Quand on voit la leur...

— Dirige-toi vers le nuage gris, là-bas, répond simplement Otto.

Le *Phénix* survole un immense cratère, puis met le cap sur les gratte-ciel qui, au loin, peinent à percer un nuage de pollution. Au milieu des cheminées et des bâtiments industriels se dresse un palais de marbre colossal.

— La capitale xion ! s'exclame Otto. Déprimante, non ? Le prince se trouve dans ce palais. Atterris dans cette usine désaffectée, là-bas !

Peri s'exécute en prenant soin de ne pas heurter les poutres métalliques qui soutiennent les murs croulants.

— Allons récupérer le prince ! ordonne le Meigwor. On a perdu assez de temps comme ça !

— Une minute ! l'interrompt Peri, les yeux rivés sur les capteurs atmosphériques. Diesel, passe ton oxy-ajusteur en mode Carbone-4. Xion est une planète très riche en carbone.

Peri appuie sur une nanotouche, entre deux de ses côtes.

— Qu'est-ce que c'est ? demande Otto.

— Chaque cadet de la FI possède une bulle d'hydrogène dans les poumons, explique Diesel. L'oxy-ajusteur nous permet de respirer quelle que soit la composition de l'atmosphère de la planète.

Otto secoue la tête, médusé.

— Vous êtes vraiment primitifs ! Les espèces évoluées n'ont pas besoin de tous ces gadgets !

— Au moins, nos combinaisons ont des fonctions de camouflage, elles ! Tu crois vraiment qu'un Meigwor peut se promener sur Xion sans se faire repérer ?

Le chasseur de primes esquisse un sourire.

— Admire !

Il tire sur deux anneaux fixés à ses ceintures de munitions et une longue cape se déploie autour de ses épaules. Repliant les bras vers l'arrière, il les cache sous le tissu pour donner l'impression qu'ils sont de taille normale. Puis il relève le col de sa capuche afin de dissimuler son long cou bosselé.

— Impressionnant ! commente Diesel d'un ton moqueur.

Peri secoue la tête et déploie la rampe du *Phénix*. Une rafale de vent chaud et poisseux leur frappe le visage.

Dans les rues de la ville, le déguisement d'Otto semble faire illusion, contre toute attente ! Il faut dire que la pollution empêche d'y voir très clair. Les Xions qu'ils croisent ont une apparence humaine, mais ils dégagent une forte odeur de calamar saturnien et ont les doigts palmés.

— Pourquoi n'ont-ils pas de pinces comme les autres ? murmure Peri à Otto.

— Les Xions portent une armure spéciale au combat pour effrayer leurs ennemis.

Le palais royal projette son ombre imposante sur les ruelles qui l'entourent. Ses murs sont couverts de caméras et de barbelés laser. Son immense portail semble bâti à partir de carcasses de vaisseaux distordues. Parmi eux, Peri reconnaît des appareils prestigieux de la FI, disparus au cours de missions extragalactiques : *FISS Sabre, FISS Grâce.* Malgré la moiteur ambiante, un frisson glacé lui parcourt l'échine.

Otto se dirige d'un pas décidé vers le portail.

— Il est fou ou quoi ?! s'écrie Diesel.

De la pénombre bordant l'entrée du palais surgissent quatre gardes armés de blasters d'assaut.

— Halte ou je fais feu !

5.
LA LIBÉRATION

Peri n'en croit pas ses yeux. Otto tient-il vraiment à se faire fusiller ?

L'un des soldats lève une main palmée pour lui intimer de garder ses distances. Le Meigwor s'immobilise, baisse la capuche de son manteau et se met à pousser un long gémissement guttural.

Peri se bouche aussitôt les oreilles. Le son émis par Otto est atroce ! À quoi joue-t-il ? Levant les yeux, le Terrien remarque que les soldats ont

cessé de bouger, comme statufiés par le cri du Meigwor!

Diesel s'approche et tapote la joue de l'un d'eux.

— Génial!

— Arrête tes singeries! aboie Otto en détachant l'intercom de la ceinture du garde.

Sans la moindre explication, le chasseur de primes pousse le lourd portail du palais et pénètre dans la cour pavée de marbre orange. Les deux cadets échangent un regard perplexe. Diesel hausse finalement les épaules et entraîne Peri à l'intérieur.

La cour est entourée d'une dizaine de bâtiments aux façades richement décorées. Otto se dirige vers la bâtisse la plus imposante.

— Écoutez-moi, les macaques de l'espace, dit-il après avoir jeté un coup d'œil à l'intérieur. Les Xions ne supportent pas les sons de basse fréquence. En m'infiltrant dans leurs canaux de communication, je devrais pouvoir toucher le système nerveux de toute la garde. Observez!

Peri et Diesel regardent discrètement par la porte. Dans le hall, un groupe de soldats écoutent les consignes de leur supérieur. Otto approche l'intercom de son cou et appuie sur le bouton permettant de s'adresser à tous les canaux. Le même bruit sourd jaillit de sa gorge et l'ensemble de la garde se fige.

Peri se tourne vers lui, bouche bée.

— Tu as paralysé tout le monde dans le palais ?

— Bien sûr ! Autrement, comment enlev… libérer le prince ?

Une sensation de malaise envahit le cadet : si Otto peut manipuler aussi aisément les Xions, de quoi est-il capable contre les Martiens et les Terriens ?

Le Meigwor les guide à travers les couloirs dorés du palais.

— Nous y voilà ! annonce-t-il en s'arrêtant à une intersection. D'après mes sources, le prince est emprisonné dans un cachot.

Il arpente le couloir en tapant du pied jusqu'à ce qu'un son creux s'élève d'un des carreaux. D'un doigt, il trace le contour de la dalle, puis la soulève. Un effluve âcre s'échappe de l'ouverture.

— Descendez le libérer ! leur ordonne le chasseur de primes.

— Pourquoi nous ? proteste Diesel. C'est *ton* prince !

— Je dois rester au cas où les gardes se réveilleraient !

Le Martien s'exécute en grommelant. Agrippé à l'échelle rouillée, Peri descend à sa suite en prenant garde de ne pas glisser sur les barreaux qui dégoulinent d'une substance gluante.

— Votre Altesse royale ? You-hou ? appelle Diesel.

Youuuuu-houuuuuu. L'écho de son cri se répercute sur les parois du cachot.

Peri trébuche dans le noir et se cogne contre quelque chose.

— Hé, nulozoïde ! Regarde un peu où tu vas ! proteste l'artilleur.

— Je ne suis pas martien, moi ! Je ne vois pas dans le noir !

Le silence gêné qui suit sa remarque lui met la puce à l'oreille.

— Une minute… poursuit le pilote. Pourquoi tes yeux ne brillent-ils pas ?

— Euh… balbutie Diesel. Ce n'est pas parce que je n'ai pas hérité de l'illumovision dans mes gènes que je ne suis pas un Martien à part entière pour ce qui est vraiment important !

— Hé, les macaques de l'espace ! crie Otto. J'ai trouvé le prince ! On s'en va !

Peri secoue la tête. *Incroyable ! Il nous a fait descendre pour rien.*

Impatient de remonter, Diesel en oublie de râler. Lorsque les deux cadets émergent du cachot, ils retrouvent le Meigwor en train de ficeler une grande couverture argentée.

— Ne vous inquiétez pas, leur explique Otto en jetant le paquet gesticulant sur son épaule. C'est pour sa propre sécurité! Ces ignobles Xions lui ont fait subir un lavage de cerveau. Filons d'ici!

Mais Otto n'a pas le temps de faire un seul pas. *Ouuuuuh-aaaaaaa!* Des alarmes retentissent d'un bout à l'autre du palais et des portes en acier se referment tout autour d'eux. Ils sont pris au piège! Par chance, l'une des portes s'est bloquée à mi-chemin. Peri, Diesel et Otto se faufilent dessous et s'enfuient en courant.

Ils passent à côté d'un tableau du roi xion représenté en tenue de combat: carapace de scorpion dorée sur le dos et casque sous le bras. Le groupe ne s'attarde pas et poursuit à travers l'enchevêtrement des couloirs du palais. Mais après une énième bifurcation, ils se retrouvent nez à nez avec un nouveau portrait royal. La copie conforme du précédent.

— La déco manque d'originalité par ici, note Diesel.

— Une minute, dit Peri en essayant de reprendre son souffle. On tourne en rond !

— Sottises ! crache Otto.

— Il a raison, ajoute Diesel tout en s'appuyant contre le mur. C'est un labyrinthe auto-répétitif !

Alors qu'une vague de désespoir submerge Peri, une voix de synthèse résonne soudain dans sa tête :

Mode de survie – activé.

Il ne comprend pas ce qui se passe. Sa combinaison d'expédition semble rétrécir à mesure que... ses muscles prennent du volume ! Ses capacités bioniques ne se limitent pas au pilotage du *Phénix* ! Sans hésiter, il saisit les barres d'acier qui verrouillent les autres portes et les brise comme de simples allumettes.

Otto et Diesel le dévisagent, interloqués. Soudain, Peri entend le martèlement de dizaines de bottes derrière eux. L'effet paralysant de la voix du Meigwor a dû s'estomper ! Il pousse ses compagnons à travers la brèche.

— Courez ! leur crie-t-il, avant de les dépasser et de remonter le couloir à la vitesse de l'éclair.

Lorsqu'il atteint l'intersection suivante, son corps s'immobilise brutalement. Loin derrière lui, Diesel et Otto tentent de le rattraper, les gardes du palais à leurs trousses.

Piège pulvérichair détecté, annonce calmement la voix de synthèse dans sa tête. *Calculs de trajectoire d'évitement en cours.*

Encore invisible l'instant d'avant, un enchevêtrement de rayons mortels apparaît devant lui.

Calculs terminés. Prêt dans trois, deux...

Incapable de maîtriser son propre corps, Peri s'accroupit...

... un !

... et bondit dans les airs ! Des sauts pareils, il n'en a jamais fait autrement

qu'en entraînement zérogravité! Il enchaîne une double pirouette, atterrit face à un panneau de commande et enfonce le boîtier d'un coup de poing. Un filet de fumée s'élève des fissures du mur tandis que les rayons barrant l'intersection disparaissent en clignotant.

— La voie est libre! Courage, la sortie est toute proche! crie-t-il avant de s'élancer vers la cour.

Zap-zap-fizzzzz. Un rayon laser fuse du blaster d'un des gardes et vient le frapper à l'épaule.

Le choc le jette au sol, mais il ne ressent aucune douleur. Levant la main à son épaule, il découvre que le tissu de sa combinaison est devenu dur comme de l'acier.

— Diesel! s'exclame-t-il lorsque ses compagnons le rejoignent. Nos tenues sont pare-laser!

— Occupez-vous de retenir les gardes, alors ! ordonne Otto en s'élançant vers la cour intérieure. Je dois mettre le prince à l'abri !

— C'est ça, oui ! grommelle Diesel. Qu'il ne compte pas sur moi pour que je me sacrifie !

— Sur moi non plus ! réplique Peri. Allons-y !

Cependant, au moment de pénétrer à son tour dans la cour, ses jambes se verrouillent et il doit battre l'air de ses bras pour rester debout. Quelque chose ne va pas.

Voyant son ami perdre l'équilibre, Diesel le rattrape avant qu'il ne tombe. Peri regarde autour d'eux. Il n'y a plus un seul gardien en vue !

— Incroyable ! dit-il au Martien. Ils nous laissent partir ?

L'artilleur secoue la tête et indique le ciel du doigt.

Des centaines de soldats xions, perchés sur des motojets, survolent la cour tel un essaim de moucherons neptuniens, leurs blasters pointés sur Peri et ses compagnons.

6·
L'ÉVASION

Fuir est impossible. Les motojets sont rapides et agiles, faciles à manœuvrer, même dans les ruelles étroites de la ville. De plus, les gardes xions sont équipés de casques transparents qui les protègent de la voix paralysante d'Otto.

— Levez les mains, chuchote le chasseur de primes en rejoignant les deux cadets à reculons. Ils ignorent peut-être que nous avons le prince avec nous.

— Tu es fou ?! s'exclame Peri. Ils ne sont pas aveugles !

— Ils ne peuvent pas voir la couverture ! Leurs yeux ne perçoivent pas l'argenté. Un problème de longueur d'onde lumineuse…

Une motojet noire et rouge flotte jusqu'à eux. Le pilote porte une rangée de médailles épinglées sur la poitrine.

— Rendez-nous le prince ou vous serez exécutés, ordonne-t-il. Vous

avez dix secondes pour me dire ce que vous avez fait de Son Altesse royale. Dix…

Peri jette un regard furtif au paquet que porte Otto sur son épaule. Même s'ils leur livrent le prince, il ne fait aucun doute qu'ils seront abattus pour avoir aidé les Meigwors.

— Huit…

On n'a pas le choix.

— Six…

— On ne peut pas leur permettre de reprendre le prince, chuchote Peri à Diesel. Si on échoue, on ne reverra jamais Sélène !

— Quatre…

— Venez vous battre face à face, espèces de lâches ! crie Otto.

— Deux… Un…

Peri ne peut pas les laisser l'emporter aussi facilement. Il doit faire quelque chose pour les arrêter !

— Prêts ? hurle le commandant xion. En joue…

Quoi ? Il n'est même pas armé !

— Feu ! glapit le commandant.

Les blasters des gardes crachent des centaines de rayons rouges brûlants. Mû par un réflexe étonnant, Peri tend les mains devant lui.

— Noooon !

Un éclair bleu aveuglant jaillit du bout de ses doigts. Chargé d'énergie, l'air crépite et les rayons laser se désintègrent en plein vol.

Le Terrien regarde ses mains avec stupéfaction.

— C'était quoi, ça ?

— À ma connaissance, il n'y a qu'une seule chose qui puisse intercepter des rayons laser : une onde électromagnétique ! s'exclame Otto.

— Ouais, bien joué, Peri, marmonne Diesel d'un air renfrogné. Mais c'est

moi, l'artilleur. La prochaine fois que tu trouves un gadget sympa sur le *Phénix,* tu me préviens avant de le prendre !

— Euh... Promis ! répond Peri en cachant ses mains dans son dos.

Les gardes xions examinent leurs armes, éberlués. C'est le moment ou jamais de filer !

Alors que Peri essaie d'avancer, sa vision se trouble.

— Allumage moteurs, bredouille le pilote.

— Tu ne te sens pas bien ? lui demande Diesel.

Non, ça ne va pas. Peri sent ses jambes se dérober sous lui et il s'écroule. Épuisé, son corps refuse de lui répondre.

Dans sa tête, la voix de synthèse répète en boucle le même avertissement :

Batteries bioniques vides. Batteries bioniques vides.

L'onde électromagnétique a dû finir d'épuiser son stock d'énergie. Diesel s'accroupit près de lui.

— Partez sans moi ! souffle Peri.

— Je ne te laisserai pas, réplique le Martien. Tu ne vas pas te débarrasser de nous aussi facilement !

— Conduis le prince jusqu'au *Phénix*, lui ordonne le pilote. On n'a pas le droit d'échouer. Je vais les retenir aussi longtemps que possible.

Otto tire une grenade fumigène d'une de ses ceintures de munitions, la dégoupille d'un coup de langue et la lance en direction des gardes. La grenade explose dans un nuage de fumée jaune.

— Allez, on s'en va !

Et, saisissant le Martien par le col de son blouson, il le traîne derrière lui.

— Tout n'est pas encore fichu ! crie l'artilleur. Tiens bon, Peri ! ajoute-t-il avant de disparaître par le portail du palais.

À la merci des tirs de blasters, le Terrien rampe pour se mettre à l'abri derrière un banc de pierre.

J'aimerais tellement que le Phénix *soit là !* pense-t-il.

Au loin, il aperçoit un essaim de motojets se lancer à la recherche des deux fuyards. Dans la cour, des soldats s'avancent vers le banc, l'arme au poing.

Soudain, un grondement s'élève au-dessus de leurs têtes. Le Terrien s'attend à voir un nouvel appareil xion, mais c'est le *Phénix* ! Il est venu à son secours !

Ouvrant le feu, le vaisseau force les gardes du palais à se replier. Un filet électrolaser jaillit de sa coque et récupère Peri entre ses mailles. À l'intérieur se trouvent déjà Diesel, Otto et le prince, toujours empaqueté dans sa couverture.

— Il faut monter à bord au plus vite ! s'exclame le Terrien.

— T'es un génie, toi ! raille Diesel.

Pourquoi n'y ai-je pas pensé plus tôt?
Ah oui, parce qu'il n'y a aucun moyen
de monter à bord!

Si le vaisseau a entendu l'appel de
Peri une fois, ça vaut le coup d'essayer
à nouveau.

— Manœuvres d'évitement! crie-t-il.

Diesel le dévisage avec étonne-
ment, mais avant qu'il ne puisse dire
un mot, le vaisseau bondit en avant.
Il s'éloigne du palais et survole la
ville au ras des gratte-ciel. Le filet se
balance de droite à gauche, frôlant
les tourelles pointues et les cheminées fumantes.

Le *Phénix* finit par s'extirper de la
capitale et se dirige… droit vers un
champ de mines! Bien que confiant
dans les capacités de son vaisseau,
Peri ressent une terreur sans pareille
tandis que celui-ci zigzague entre
les immenses charges hérissées de

pointes. Une fois la menace passée, le vaisseau ralentit, et Diesel, qui s'était agrippé à lui pendant toute la manœuvre d'évasion, le repousse brutalement.

— Je n'avais pas peur du tout, tu sais, grommelle-t-il.

Peri ne peut s'empêcher de sourire. C'est bon, finalement, de voir que tout est redevenu comme avant ! Au-dessus de lui, une trappe s'ouvre dans la coque et le filet électrolaser est hissé à bord.

Peut-être vont-ils réussir à s'en tirer, finalement !

7.
LE MESSAGE
DE SÉLÈNE

Le filet les dépose sur la passerelle, puis disparaît. Sur les écrans panoramiques défile une étendue déserte sans un seul vaisseau xion à l'horizon.

— **Autopilote désactivé,** annonce le *Phénix*.

Peri a mal partout. Un bourdonnement résonne dans sa tête, accompagné de bips répétés lui signifiant qu'une recharge est nécessaire. Diesel l'aide à s'asseoir derrière le tableau de bord, puis va examiner l'état de son artillerie.

Un sifflement derrière eux leur fait tourner la tête. Otto vient de quitter la passerelle, le prince sur l'épaule.

— Parfait ! dit Peri. Il disparaît pile quand on a besoin de lui ! Comment je fais, moi, pour quitter cette planète de malheur ?

— J'ai peut-être une idée… répond Diesel. On ne peut pas repasser la douane, ce serait trop risqué. Alors voilà l'astuce : pourquoi ne pas franchir la Cosmuraille en vitesse supraluminique ? On éviterait du même coup les requins de l'espace et l'effet corrosif de l'acide !

— Encore faut-il qu'on ait assez d'énergie…

D'un coup d'œil, Peri vérifie les jauges. Le *Phénix* a tout juste assez de puissance pour dépasser la vitesse de la lumière, mais pas assez pour maintenir son cap avec précision.

— Si on survit à la traversée, on peut finir notre course n'importe où.

— Tu as une meilleure idée ? demande Diesel.

— Non, aucune, concède celui-ci. Va pour le passage en supraluminique !

Le vaisseau tremble en quittant l'atmosphère. Il dévale une méga-route à douze voies, puis vire subitement en direction d'un vortex de sortie. Évitant de justesse le petit trou noir, il laisse derrière lui l'autoroute orbitale et fonce vers la Cosmuraille.

— Préparez-vous à passer en vitesse supraluminique ! avertit Peri dans l'intercom.

D'une caresse de la main, il fait coulisser la trappe de son tableau de bord et bascule les deux interrupteurs qui se trouvent dessous. Le vaisseau bondit en avant, puis ralentit au contact de la muraille gluante.

— Allez! s'exclame Peri. Tu peux le faire!

Tel un projectile dans un lance-pierre, le *Phénix* finit par être catapulté à travers la galaxie. Plongé dans l'obscurité la plus totale, le Terrien écoute le gémissement des moteurs s'amplifier, puis s'atténuer lentement jusqu'à se taire.

Il doit cligner des yeux lorsque les lumières de la passerelle se rallument. Sur les écrans panoramiques, *Le Guide des dangers intergalactiques* reste étonnamment silencieux. Perdus au milieu de nulle part, ils flottent sans repère dans l'espace infini.

Soudain, Peri remarque qu'un voyant lumineux clignote sur la borne de communication.

— Diesel, on a reçu un message !
C'est crypté selon un code de la FI…

— Tu crois que ça vient de la Terre ?

— On ferait bien de le découvrir
avant qu'Otto ne revienne.

Un petit écran jaillit du tableau
de bord. C'est Sélène ! Ses yeux sont
écarquillés de terreur.

— Peri, Diesel, je… crrrrk… attention… crrrk… Meigwors jouent un
double jeu… Ils mentent à propos
de…

Le canon d'un blaster apparaît soudain contre la tempe de la jeune fille. L'image vacille, puis l'écran s'éteint.

— Sélène ! s'écrie Peri.

Pshhh ! La porte de la passerelle coulisse pour laisser entrer Otto.

Les deux cadets échangent un regard inquiet. Sélène est en danger ! Ils doivent gagner du temps et tirer tout cela au clair avant de se rendre sur Meigwor.

— On ne peut pas rentrer tout de suite chez toi, annonce Peri à Otto.

— Quoi ?!

— On ne sait pas où on est. Le vaisseau nécessite des réparations. Et puis, je suis épuisé. Le *Phénix* ne repartira pas avant que je ne me sois reposé.

— J'imagine qu'on n'a pas vraiment le choix ! répond froidement Otto. En tout cas, Sélène n'a pas l'air de beaucoup vous manquer…

Peri doit se tourner vers les commandes du *Phénix* pour cacher sa
colère.

Ne t'inquiète pas, Sélène, pense-t-il.
On arrive!

8.

LE MENSONGE

— Je voudrais rencontrer ton prince, demande Diesel au Meigwor. Il voudra sûrement me remercier de l'avoir libéré !

Otto fusille l'artilleur du regard.

— Certainement pas ! répond-il sèchement. D'ailleurs, je vais envoyer un message à mon général et lui faire part de votre incompétence !

— *Notre* incompétence ? proteste le Martien. Sans nous, je n'aurais pas donné cher de ta peau !

— Viens, Diesel ! dit Peri en s'inter-posant. J'ai besoin de ton aide pour m'accompagner à l'infirmerie.

Une nouvelle dispute entre le Meigwor et le Martien est la dernière chose dont il a besoin. Ce qu'il lui faut, en revanche, c'est une occasion de discuter seul à seul avec Diesel.

Appuyé sur l'épaule de son ami, Peri rejoint l'issue la plus proche. Il lui suffit de penser à l'infirmerie pour qu'en coulissant la porte s'ouvre sur le centre médical. Au milieu de la pièce se dresse une table de soin entourée de matériel de pointe.

— Il y a quelque chose dont je vou-drais te parler, dit Peri une fois la porte refermée derrière eux.

— Tu n'es pas humain, c'est ça ? J'ai vérifié l'inventaire de l'artillerie : il n'y a rien qui permette d'arrêter les rayons laser.

Peri le dévisage. Peut-il lui confier son secret? Après tout, Diesel n'est pas totalement humain, lui non plus. Et en tant que fils d'empereur, il sait ce que c'est que d'être différent.

— Mon prénom complet est Expérimentation. Mon corps est en partie bionique. J'ai été modifié pour piloter le *Phénix*.

— Sans blague?! s'exclame Diesel, les yeux grands ouverts. J'ai toujours su qu'il y avait quelque chose de bizarre chez toi!

— Tu ne dois en parler à personne! l'avertit Peri. Si les Meigwors l'apprennent, ils ne nous laisseront jamais repartir. On doit absolument découvrir ce qu'Otto nous cache, mais d'abord, il faut que je recharge mes batteries.

À peine a-t-il fini sa phrase que les lumières de l'infirmerie s'éteignent.

Des milliers de rayons bleus le scannent sous toutes les coutures. Puis l'éclairage revient et il entend de nouveau la voix de synthèse dans sa tête :

Niveau d'énergie bas. Auto-recharge du spécimen en cours. Pour accélérer le processus : dormir et manger des fruits et des légumes.

Peri est un peu déçu. Il avait espéré quelque chose de plus « high-tech »… C'était sans compter avec ses parents et leur obsession pour la nourriture équilibrée !

— Alors ? demande Diesel.

— Ça va aller, répond le Terrien. On a des choses plus urgentes à régler. *Phénix*, localise toutes les personnes à bord.

Une carte du vaisseau et quatre points lumineux apparaissent sur l'écran de la borne de communication.

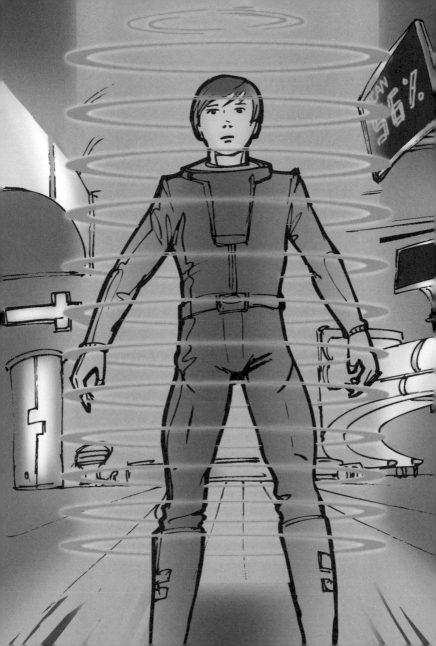

— Ces deux-là, c'est nous. Otto est ici, ce qui veut dire que le dernier, c'est… le prince.

— Où est-il ? demande le Martien.

— Dans les quartiers d'Otto, répond Peri. Allons-y !

La porte de l'infirmerie s'ouvre précisément devant la cabine du chasseur de primes. Peri pose la main sur le scanner situé près du sas. Des étincelles jaillissent de ses doigts, le voyant rouge passe au vert et la porte de la chambre coulisse dans un sifflement.

— Sympa, ton truc ! s'émerveille Diesel.

Lorsqu'ils pénètrent à l'intérieur, les deux amis ne peuvent retenir un cri de stupéfaction. Le lit d'Otto est redressé en position verticale et le prince est enchaîné dessus ! Et il ne ressemble pas du tout à un Meigwor…

—Voilà le mensonge d'Otto percé à jour, dit Peri. Nous n'avons pas libéré son prince, mais enlevé un Xion !

Au prix de quelques contorsions, le prisonnier parvient à se débarrasser de son bâillon.

— J'exige que vous me libériez ! éructe-t-il. Je suis le prince Onix, héritier du trône de Xion ! Laissez-moi partir ou votre châtiment sera terrible !

— Je ne comprends pas, murmure Diesel sans prêter attention au prisonnier. Otto s'est trompé de personne ?

Peri aurait préféré que ce soit le cas.

— Le général Rougwim avait sûrement prévu de kidnapper le prince xion depuis le début.

— Ne croyez pas une minute que mon père se laissera intimider plus longtemps par les Meigwors ! glapit le prince. Ils n'obtiendront pas une seule goutte de carburant en rançon !

Peri secoue la tête.

— Comment ça « intimider plus longtemps » ?

— Les Meigwors sont les pires tyrans de l'univers ! Ça ne peut plus durer. Ils paieront de leur sang cet ultime affront. Et vous, misérables humains, vous *Mfff !*

De nouveau bâillonné par Diesel, le prince Onix ne peut rien ajouter.

— N'ayez crainte, Votre Altesse, dit Peri en s'inclinant. Nous allons essayer de trouver un moyen de vous libérer. Nous n'avons pas l'intention de nous rendre complices d'un enlèvement cosmique. Maintenant, filons d'ici avant qu'Otto ne nous trouve.

— Qui sont vraiment nos ennemis? demande Diesel, une fois de retour à l'infirmerie. Les Xions ou bien les Mcigwors?

— Les deux. On a atterri au beau milieu d'un conflit galactique dont les deux camps rivalisent de malfaisance.

— Alors quel est le plan?

— Libérer Sélène, puis déguerpir de ce champ de bataille cosmique avant que ça ne dégénère en supernova!

La mission la plus délicate qu'ils aient jamais eu à accomplir, à n'en pas douter...

FIN

Embarque à bord du « Phénix »,
et accompagne Peri et Diesel
dans leur prochaine aventure !

StaR FightherS

LE PIÈGE

Peri et Diesel ont été trahis par
les Meigwors ! L'équipage du *Phénix* est
désormais contraint d'apporter son aide
aux Xions, bien que ceux-ci aient attaqué
la Terre et détruit la Station Spatiale
de la Force Intergalactique. Mais comment
faire pour ne pas mettre en danger
leur amie Sélène, toujours otage
des Meigwors ? Peri et Diesel ont besoin
d'un plan, et vite !

Pour en savoir plus,
enclenche la vitesse supraluminique vers le site
www.bibliotheque-verte.com

Retrouve les aventures cosmiques de Peri et Diesel en Bibliothèque Verte !

1. L'attaque extraterrestre

2. Le prisonnier

3. Le piège

TABLE

PAPIER À BASE DE
FIBRES CERTIFIÉES

hachette s'eng
l'environnement en rédui
l'empreinte carbone de s
Celle de cet exemplaire e
400 g éq. CO$_2$
Rendez-vous sur
www.hachette-durable.f

Photogravure **Nord Compo** - Villeneuve d

Imprimé en Roumanie par G. Canale & C. S
Dépôt légal : mai 2013
Achevé d'imprimer : mai 2013
20.3682.0/01 – ISBN 978-2-01-203682-6
Loi n° 49956 du 16 juillet 1949
sur les publications destinées à la jeunesse